LUTÈCE

POËME

Lutetia mater

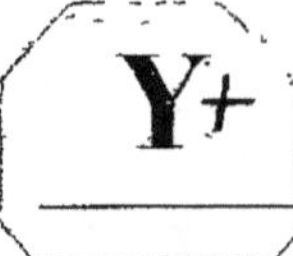

PREMIÈRE PARTIE

LE DEPART

LE RÉCITANT

Hommes qui m'entendez, fils de la Gaule antique,
Songez aux jours enfuis dans le passé lointain :
Vos ancêtres tombés sous le glaive romain
Rougirent les gazons de la forêt celtique.

Vous en qui brûle encor le sang fier des aïeux,
Parez-vous des rayons que leur gloire vous laisse:
O fils des défenseurs de la vieille Lutèce,
Écoutez-les, pour vivre et pour mourir comme eux

L'aube naît. Les grands bois s'emplissent de murmures.
Entre les durs roseaux de la brume émergeant,
Le fleuve gris, strié de sillages d'argent.
Jette à l'ombre qui fuit comme un reflet d'armures.

C'est la Seine, et voilà Lutèce ! Les voilà,
Les huttes à la porte unique, étroite et basse,
Les filets suspendus et les épieux de chasse,
Et la corne où pour tous la cervoise coula.

O ruche où dort l'essaim des vaillantes abeilles,
Éveille-toi, voici le jour ! Les bois, les champs,
Vont retentir de cris, de rires et de chants,
Car le soleil jaillit, brillant d'armes vermeilles !

GAULOIS ET GAULOISES

C'est l'aurore et l'été.
Le coq rouge a chanté
Dans la verte prairie !
L'alouette monte au ciel clair.
De frais parfums embaument l'air,
La campagne au loin est fleurie.

Eveille tes bœufs, laboureur !
Berger, suis tes chevreaux agiles ;
Voici le jour ! Le jour vainqueur !
Adorons le soleil et ses gloires fertiles.

UN JEUNE GAULOIS

O femme qui m'as préféré !
Viens, nous possédons notre joie :
Voici le toit où je saurai
Jusqu'à la mort garder ma proie.

J'aurai des fleurs pour tes cheveux,
Et, pourvu que tu sois contente,
J'irai te chercher, si tu veux,
L'étoile dont l'azur te tente.

Ah ! viens dans les bois frais cueillir
Des bruyères pour notre couche.
Viens, jusqu'à la mort, sans vieillir,
Je boirai le vin de ta bouche !

UNE JEUNE GAULOISE

O mon maître, je t'aimerai !
Rude ou tendre, ta voix m'enchaîne.
A ta force je m'unirai
Comme la clématite au chêne.

Toujours attentive au logis
T'attendra l'épouse fidèle,
Les doigts par le travail rougis,
    s chantant comme l'hirondelle !

Et nous verrons grandir nos fils
Blancs et forts, à la barbe blonde,
Qui lanceront de gais défis,
Et vaincront les vainqueurs du monde.

LES GAULOIS ET LES GAULOISES

C'est l'aurore et l'été,
Le coq rouge a chanté
Dans la verte prairie.
L'alouette monte au ciel clair!
De frais parfums embaument l'air,
La campagne au loin est fleurie.

LES MESSAGERS DE GUERRE

Aux armes! tous! ne chantez plus!
Femmes, arrachez vos parures!
Jeunes gens, à la mort joyeuse résolus,
Nouez vos longues chevelures!
Aux armes! tous! ne chantez plus!

LES GAULOIS ET LES GAULOISES

Pourquoi ces cris? quel danger nous menace?

UN DES MESSAGERS

Ecoutez! dans le vent qui passe,
Vous entendrez sonner les trompettes d'airain!
Les champs sont avilis par l'odieuse trace
Des chevaux cabrés sous le frein.

Plus de fumée au toit de la riche demeure;
Plus de pommes dans le verger.
Voyez saigner le sein de la Gaule qui pleure
Sous le pied lourd de l'étranger!

Ils viennent! ils sont là! Secourez votre mère!
Prenez vos haches dans vos mains!
Invoquez Teutatès, le maître de la guerre!
Aux armes! et mort aux Romains!

LES GAULOIS ET LES GAULOISES

Invoquez Teutatès, le maître de la guerre!
Aux armes! et mort aux Romains

UN VIEILLARD

Arrêtez! Qui va vous conduire?
Avec l'audace du sourire
Fils, qui donc ira vaincre ou mourir avec vous?

LA JEUNE GAULOISE

Qui donc? Lui, mon amour, mon fiancé, ma vie!
Mon maître est votre maître à tous!
Réjouis-toi, patrie!
Tes fils donnent leur sang, je donne mon époux.

LES GAULOIS

Fais-nous vaincre ou meurs avec nous!

LA JEUNE GAULOISE

O chère voix, jette le cri de guerre,
Au lieu de murmurer des paroles d'amour!
O bras puissant sur qui je m'appuyais si fière,
Perce les cœurs, abats les fronts dans la poussière
Pour le festin du loup et du vautour.

LES GAULOIS ET LES GAULOISES

Perce les cœurs, abats les fronts dans la poussière
   Pour le festin du loup et du vautour !

LA JEUNE GAULOISE

   Verse en riant tout le sang de tes veines,
Pour que du sol fécond renaissent des héros !
Vois ! mes yeux triomphants sont purs de larmes vaines ;
Je mêle à mes cheveux les tranquilles verveines,
   Les chastes lys et les pâles sureaux.

LES GAULOIS ET LES GAULOISES

Mêlons à ses cheveux les tranquilles verveines
   Les chastes lys et les pâles sureaux.

LE JEUNE GAULOIS

Merci, femme ; c'est bien parlé. Sois-moi fidèle,
   Et cache ta crainte en ton cœur,
Et garde pur, puisque la mort m'appelle,
   Le souvenir de notre court bonheur.
Je t'aimais, toi la plus vaillante et la plus belle,
Mais Lutèce est blessée, et je n'aime plus qu'elle !
   Je ne reviendrai que vainqueur.

LES GAULOIS

Le vin mûrit dans la vallée,
Le sang coule dans la mêlée,
        Tuons !
        Buvons
A la victoire échevelée.
« Allons, fils ! allons, père ! allons, frère ! en avant !
Tête pour œil et bras pour dent ! »

LA JEUNE GAULOISE

Adieu, ma vie, adieu, mon âme !

LE JEUNE GAULOIS

Adieu, garde en ton cœur la flamme
Qui nous a brûlés pour toujours !

LA JEUNE GAULOISE

Reviens, et je serai ta femme
En de glorieuses amours.

LE JEUNE GAULOIS

Oh ! mes bras s'ouvrent ! Viens, chère âme forte et sûre !

LA JEUNE GAULOISE

Non ! Tu n'es qu'à Lutèce et je dois refuser.
Va ! que ta première blessure
Remplace mon premier baiser.

TOUS LES CHŒURS

Le vin mûrit dans la vallée,
Le sang coule dans la mêlée,
Tuons !
Buvons
A la victoire échevelée !
« Allons, fils ! allons, père ! allons, frère ! en avant !
Tête pour œil et bras pour dent. »

FIN DE LA PREMIÈRE PARTIE

DEUXIÈME PARTIE

LE CHAMP DE BATAILLE

C'est le jour du combat ! enorgueillis-toi, mère
Magnanime ! Ce sont tes fils, tes premiers nés,
Qui s'élancent, d'orgueil et d'airain couronnés :
La gloire est éternelle et la tombe éphémère !

Sois fière, car tes fils consentent à mourir,
Sachant obscurément qu'en la ville chérie
Palpite à lourds sanglots le cœur de la patrie,
Et qu'en servant Lutèce, ils servent l'avenir.

Le signal retentit. Epaule contre épaule,
Ruez-vous au combat, Gaulois aux beaux cheveux,
Et toi, monte au soleil, oiseau victorieux,
Alouette au cri clair qui réveilles la Gaule !

L'ORCHESTRE SEUL

BATAILLE. TRIOMPHE DES ROMAINS.

LE RÉCITANT

Pendant les dernières mesures de la marche

Hélas! Hélas! La plaine est rouge et le ciel pleure.
En vain ils ont lutté, cent contre mille, en vain
Ils ont tué, les beaux enfants qui tout à l'heure
Chantaient l'éclat du sang triomphal et le vin!

Car la louve a mordu l'écorce de nos chênes!
Notre air qu'a déchiré l'airain victorieux
Porte aux libres échos des bois le bruit des chaînes,
Et les chants des Romains qui rendent grâce aux dieux.

O vous, guerriers tombés sanglants sur la fougère,
Mourez vite! et fuyez de nouvelles douleurs,
Car la Gaule n'est plus qu'une terre étrangère
Et c'est un sol souillé qu'arroseraient vos pleurs!

LE JEUNE GAULOIS

Ah! nous sommes perdus et Lutèce est brûlée!
Triste ville, je meurs sans t'avoir consolée ;
          Mais je t'ai donné tout mon sang
Et ma hache est brisée, et mon bras impuissant.

LES GAULOIS

          O gardienne de la patrie,
          O ville entre toutes chérie,
          Mère de fils désespérés!
          Pardonne à nos armes peu sûres,
          Accorde à nos tristes blessures
          De rougir tes débris sacrés!

LE JEUNE GAULOIS

          O patrie! ô ma mère!
Je t'ai laissée aux bras impurs de l'étranger.
          J'ai vu ta honte amère,
          Sans pouvoir te venger.

LES GAULOIS

          O patrie! ô ma mère!
Je t'ai laissée aux bras impurs de l'étranger.

LE JEUNE GAULOIS

Oui, tu vas être en proie aux brutales conquêtes!
Nous sentirons crouler la terre sur nos têtes
          Sous la roue horrible des chars!

Tu verras s'allumer au loin tes bois tranquilles,
Et tes vierges mourir de honte au sac des villes
       Devant l'aïeule aux yeux hagards !
O Dieux, tu les verras, les torches dont s'éclaire
       Le tyran qui hait la beauté !
Et tu verras tes chefs, pour un honteux salaire,
A des peuples captifs vendre ta liberté.

Oh ! mon sang coule ! adieu, compagnons, voici l'heure !

· LES GAULOIS

Adieu, pays, adieu, demeure !
O champs, ô ruche, ô nouveaux nés !
Oh ! mourir seuls, abandonnés,
Loin du seuil où la femme pleure !

LE JEUNE GAULOIS

Chère âme qui m'aimais, printemps, force, jeunesse,
J'ai tout quitté, j'ai tout donné pour ma maîtresse,
       La patrie, hélas ! qui n'est plus !
Chers baisers de la mort, soyez les bienvenus.

LES GAULOIS

J'ai tout quitté, j'ai tout donné pour ma maîtresse,
       La patrie, hélas ! qui n'est plus !
Chers baisers de la mort, soyez les bienvenus.

FIN DE LA DEUXIÈME PARTIE

TROISIÈME PARTIE

APRES LA DÉFAITE

C'est le soir du combat. Verse des pleurs, ô mère
Douloureuse! Ce sont tes fils, tes premiers nés,
Qui dorment, des pâleurs de la mort couronnés !
Et leur cheveux éteints traînent dans l'herbe amère.

Ils sont morts, ils sont morts, tous, couchés sur le dos.
La face vers les cieux, la poitrine sanglante;
La gloire du couchant, empourprée et brûlante,
Reflète au ciel rougi la gloire des héros !

Et voici que, dans l'ombre, en lente théorie,
Les femmes, les vieillards et les petits enfants,
Viennent, le cœur gonflé de sanglots étouffants,
Chercher parmi les morts une tête chérie.

FEMMES GAULOISES, VIEILLARDS ET ENFANTS GAULOIS

Ils étaient beaux et forts, ils étaient braves,
Leurs pieds étaient légers,
Hélas ! hélas !
Aux fiers taureaux ils mettaient les entraves,
Hélas !
Ils étaient les bergers.

Impétueux comme l'aigle indomptable,
Gais comme les chevreaux,
Forts comme l'ours, doux, à l'ame équitable,
Tels étaient ces héros.

Sans avoir vu mûrir l'or de l'année,
Leurs yeux bleus sont fanés,
Hélas ! hélas !
O dieux ! avant la moisson terminée,
Hélas !
Ils furent moissonnés !

Ne cueillez plus les guirlandes rampantes
Des sauvages houblons,
Que l'orge, en vain, sur les humides pentes,
Lève ses épis blonds !

Car jamais plus la chère voix si tendre
    N'emplira le logis,
        Hélas, hélas !
Oh ! jamais plus ! Il dort là, sans m'entendre,
        Hélas !
    Sur les gazons rougis.

Pleurez, pleurez ! Enfants, où sont vos pères ?
    Père, où sont les enfants ?
Horreur ! Cherchez aux funèbres repaires
    Des vieux loups triomphants !

O haine ! O deuil ! O coupables batailles !
    O dieux sourds ! O ciel noir !
        Hélas, hélas !
O pleurs sanglants ! O mornes funérailles !
        Hélas !
    O pays sans espoir !

LA JEUNE GAULOISE

d'une voix éclatante et joyeuse

Réjouissez-vous, réjouissez-vous !
Allumez les feux ! Fleurissez vos têtes !

LES GAULOISES

O femme ! laisse-nous pleurer sur nos époux.

LA JEUNE GAULOISE

Les jours de combat sont des jours de fêtes !
Pour les grands festins les tables sont prêtes.
Allumez les feux ! Fleurissez vos têtes !
Tuez les grands bœufs ! Réjouissez-vous !

LES GAULOISES

As-tu donc retrouvé l'homme qui t'a ravie,
Le beau chef que j'aimais,
Sans blessure et rempli de vie ?

LA JEUNE GAULOISE

Non ! Je l'ai retrouvé mort ! mort pour la patrie
Et vivant à jamais !

LES GAULOISES

Elle dit vrai ! La mort est mensongère
Les âmes ne font point d'adieux.
Ne pleurons plus. Le sang qui rougit la fougère
Est pur et glorieux.

LA JEUNE GAULOISE

Le sang des héros réjouit le glaive,
Le sang des héros sacre les cités !
C'est le flot propice au germe qui lève,
Fertilisateur des champs dévastés.

Du sang des héros renaîtra plus belle
Et mère de fils plus audacieux,
La ville des forts, la ville éternelle,
Nouvelle clarté sous de nouveaux cieux !

Cité, tu seras le flambeau du monde ;
A toi d'éclairer l'immense avenir !
Quand tu revivras puissante et féconde,
Garde tes chers morts dans ton souvenir.

LES VIEILLARDS GAULOIS

Gloire à vous, Héros! Victimes !
Morts sublimes,
Soyez chantés !
Par vous, les crimes
Sont rachetés :
De votre mort naîtront nos libertés.

LES GAULOISES

Que vos noms par nos fils enfants
Soient chantés dans les jours de fête,
Afin que l'écho ne répète
Que des sons clairs et triomphants !

LES VIEILLARDS ET LES ENFANTS GAULOIS

Ville éternelle, en vain meurtrie,
Tes fils sont morts pour la patrie !

TOUS LES CHŒURS

Gloire à vous, Héros ! Victimes !
Morts sublimes,
Soyez chantés !
Par vous les crimes
Sont rachetés ;
De votre mort naîtront nos libertés.

FIN

Paris. — Imp. de la Publicité, 18, rue d'Enghien
Reverchon et Vollet